[波] 阿加塔·洛特·伊格纳克 著　　　[波] 巴塞洛缪·伊格纳克 绘　　　元浩 译

为梦而活
亚历山大·多巴的越洋探险记

中国纺织出版社有限公司

皮划艇是一项非常有趣的运动，大家都应该试试。想安全地在海上航行，你需要全面的知识、丰富的经验和娴熟的技巧。当我们掌握了这些，征服了大洋，那感觉真是棒极了。

——亚历山大·多巴

目 录

大西洋

勒孔凯

里斯本

达喀尔

　　大西洋，一片广阔的大洋，面积超过8236万平方千米，相当于263个波兰的大小。在这片水域最宽的部分，欧洲到北美洲相隔差不多有8800千米。这个距离相当于从华沙到柏林15次或是到巴黎6次。要想跨越大西洋，最便捷的法子当然是买张机票，或是乘游轮或者舰艇，当然也有人驾着帆船做到过。可是偏偏有人不用马达或者风帆就来到了这片大洋之上，所能依赖的只有手中的一支桨。小艇、救生艇、浮筏，已经有数百人靠强健的体魄战胜了大西洋，当然也有不少冒失鬼因此而丧命。但迄今为止，这个世界上只有一个人是划着皮艇，只靠自己的双臂横渡了大西洋，他就是亚历山大·多巴。他成功越洋三次，航线最短的一次是从非洲到南美洲，最长的一次是从欧洲到北美洲，第三次他征服了凛冽的北大西洋风暴，从北美洲抵达了欧洲。

3

纳尔维克

"小不点"（菲亚特 126p）：小型汽车，20 世纪 70 年代到 90 年代在波兰大受欢迎。

希维诺乌伊希切
波利采

普热梅希尔

亚历山大第一次接触皮艇是 34 岁。自那时起，他不断地探索新的航线，穿越蜿蜒数十千米的河流，接着是湖泊、海洋。他所有的业余时间都在不停地划行。

他开车带着孩子，和皮艇俱乐部的朋友一起旅行。皮艇绑在他的"小不点"轿车顶上。途中大家烤肉、办派对，或是在河堤上小憩。亚历山大从不加入，他只是一直地划啊、划啊，划个不停。

他曾沿着河流从波兰的东南部划到西北角，13 天划了足足 1200 千米！在波兰波利采到挪威纳尔维克途中，他差点儿因风暴而丧命。在西伯利亚，世界上最深、最古老的湖泊贝加尔湖，也有他拨起的浪花。在那些年里，他划过了 8 万多千米。

亚历山大是一名工程师，平时在波利采的化工厂上班。划遍了波兰的河流和近海之后，他冒出了一个念头，去做一件从没有人做成的事——从脚下的大陆到对岸的另一片大陆，划着皮艇横渡大西洋。

5

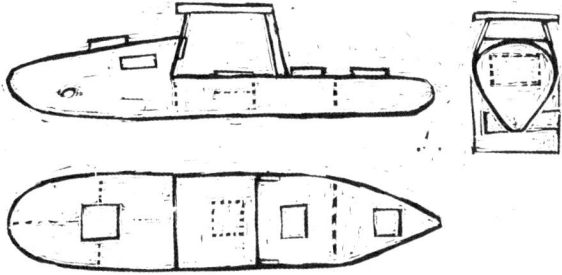

远洋皮艇第一版设计草图
亚历山大·多巴 绘

为了实现这个梦想，亚历山大·多巴
开始了漫长的准备。必须周密计划，再一
步步地执行。

计划

　　亚历山大拿起了笔和本子，开启了追梦计划。当他完成草图之后，需要一位能建造这样一艘皮艇的工匠。那个能胜任的人就是安杰伊·阿明斯基，一位旅行家、经验丰富的水手，同时是一座游艇船坞的主人。安杰伊相信亚历山大的潜力，决心帮助他实现梦想。

远洋皮艇

皮艇的工程设计团队齐聚位于什切青的船坞。专家们和亚历山大一道，预测海上可能发生的所有状况：接连不断的狂风暴雨，高如楼房的巨浪，艇身失去平衡甚至翻覆。他们要让皮艇上既能方便地做饭休息，又有足够的储存空间以保障长途航行。

经过团队几个月的努力，远洋皮艇"欧罗"（Olo）号诞生了。这是一艘不会翻的皮艇，即使上下颠倒，也能借助海浪立即还原。它看起来很特别，不像一般的皮艇，因为一般式样的皮艇根本无法在大西洋上幸存。

这是个大家伙，但是将它放到海上漂流几个月，只能算是个蜗牛壳。它长 7 米，最宽处 1 米，重约 300 千克。这艘新艇顺利通过了在什切青湾里的试航，之后它又在波罗的海上航行了几天。亚历山大亲自在风暴中测试了"欧罗"号。他认为"欧罗"号通过了测试，已经具备了出航的条件。

狂风

意外

舱室　　　座舱　　　顶篷

Olo #1

艇首把手　　　　　　　　　　　　　　　　　　　　储物箱　　　舵

OLO　　　　波利采
　　　　　　波兰

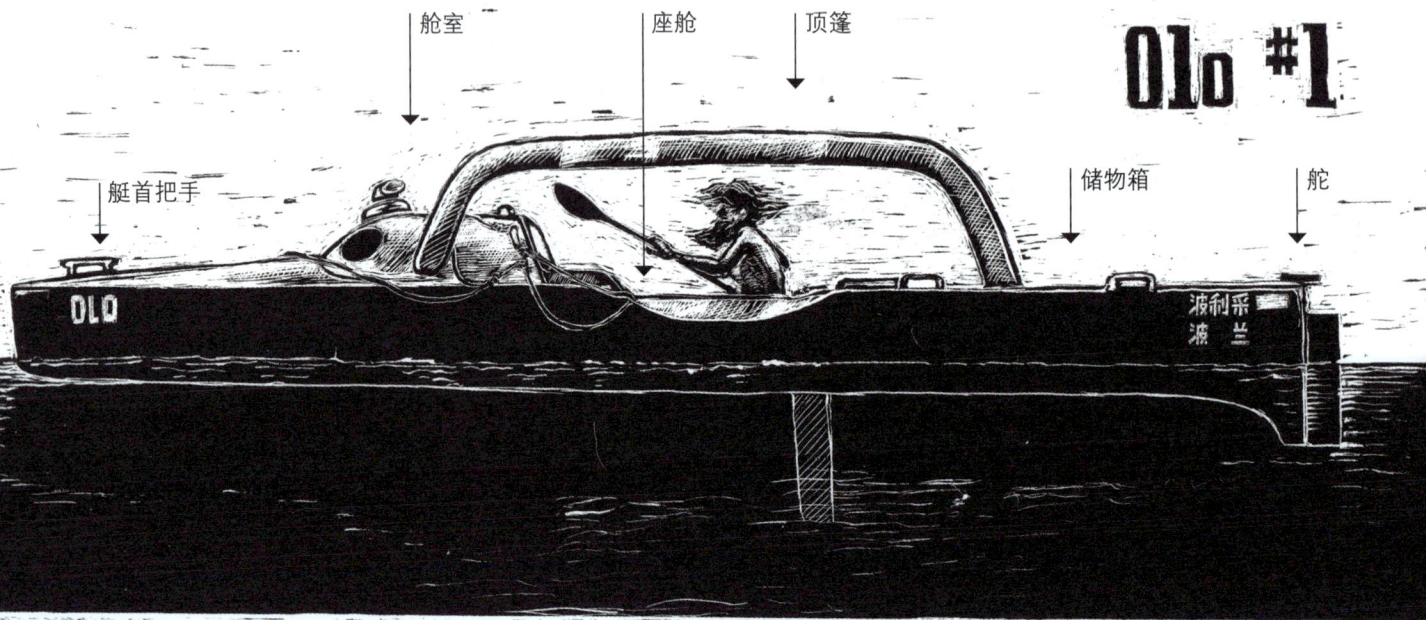

　　　这就是远洋皮艇"欧罗"号的样子。每一次航行，亚历山大都不断地改进设施、保养设备，航行途中也不停歇。

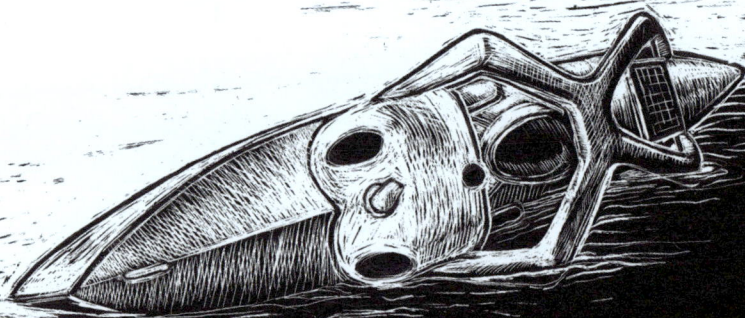

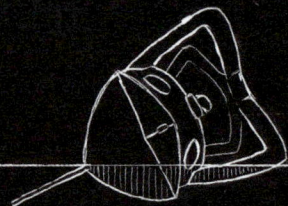

　　　特制的顶篷能防止翻覆。当艇身倾斜时，顶篷会支撑其复位，假如这种情况下皮艇仍然被掀翻，依靠 60 厘米长的稳向板以及顶篷也足以将艇身调正。

　　　"欧罗"号被漆成黄白相间，顶篷上贴满了反光胶带。海洋上可没有红绿灯，皮艇得用上醒目的安全色，远处也能看见它。

雷达天线 →

导航灯 →

Olo #2

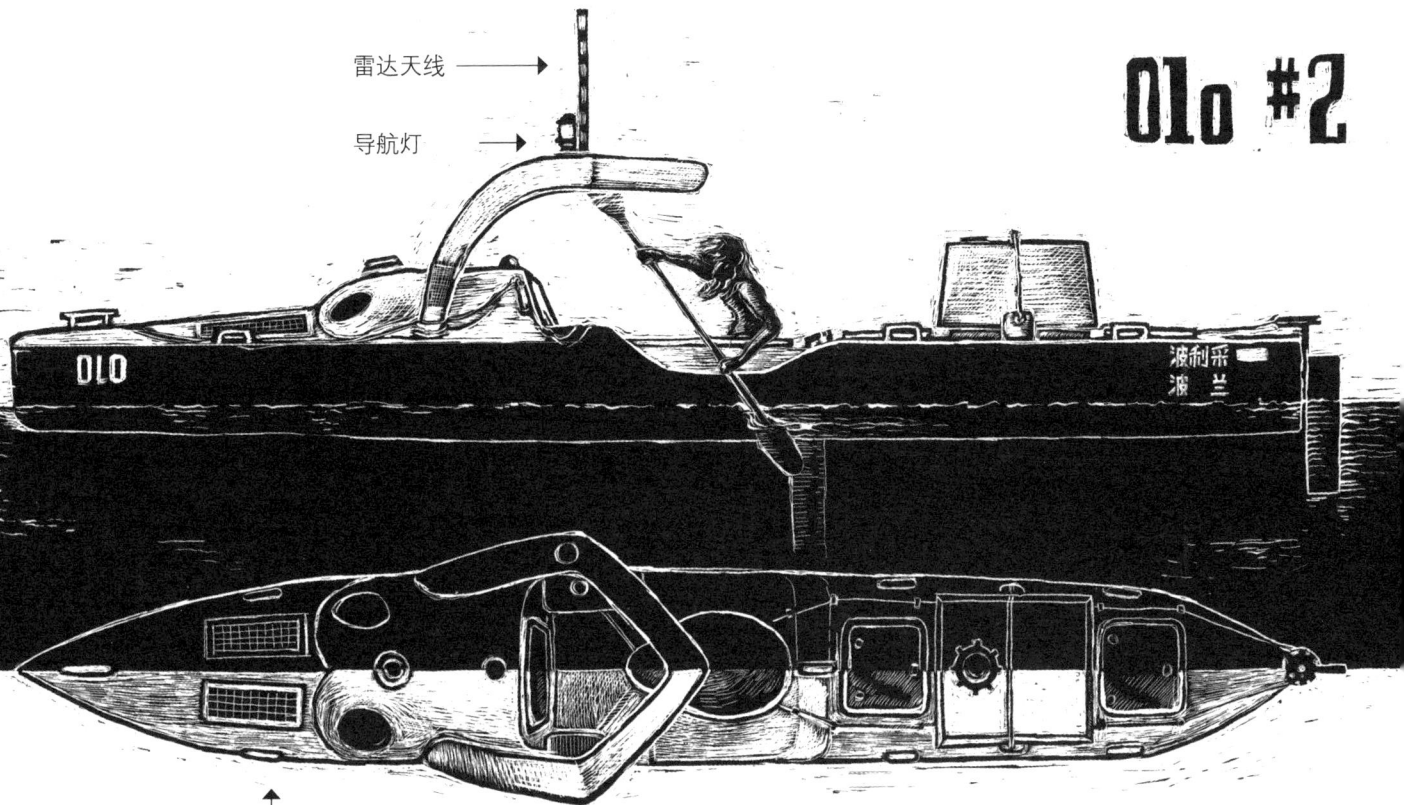

太阳能电池板

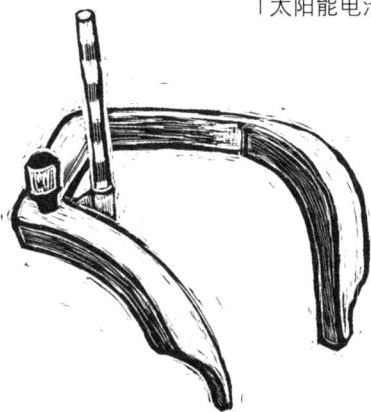

艇身上有 5 个水密隔舱用来防止下沉，其中 2 个填充了轻而不吸水的材料。

食品储藏在皮艇的后部。食物吃完后，包装还可以用作改装和维护皮艇的材料。

第一次探险之后，顶篷被缩小，并在上面安装了导航灯和雷达天线。

位于艇首的太阳能电池板产生电能，可以为海水淡化器、照明设备或者充电器供电。

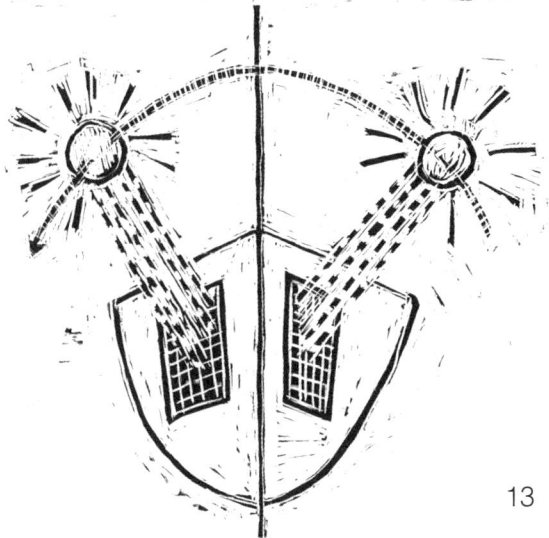

皮艇已经待命，接下来只要将需要的物资打包。但在5平方米的空间中，怎样容纳下航海设备、小修理区、厨房区和几个月的食物、衣物、洗手间还有床？

液化气灯
液化气罐×11
锅×2
保温杯
餐具×2
水杯
打火机
火柴
补剂
刀具
信号弹
手动海水淡化器
日光信号镜
存储卡
钓具
运动摄像机
电动海水淡化器
烟雾信号弹×3
头灯×2
手电筒×2
睡垫×2
睡袋
圆珠笔
煮豆子
鱼罐头
奶酪
平光镜
绳结
太阳镜
救生衣
缆绳
饮用水

奶粉
牛奶
饮用水
安全绳装具
安全绳
浮锚×4
桨
带地图功能的平板电脑
巧克力

稿纸
望远镜
应急口粮
饮用水
防浪裙
铅笔
衣物
镜子
皮艇手套
水照相机
浮潜面罩
遮阳帽
风速表
桨
鸟舌帽
卫星电话
饼干棒
肉罐头
水果干
饮用水

亚历山大一边大声吹着口哨，一边将所有行李都放到了皮艇边。他开始收纳，有条不紊地把所有东西从重到轻、从不常用到常用，一件一件塞进艇里。皮艇像个气球似的，好像什么都能塞得进去！

电池充电器
地图
凉鞋
罗盘
糖
电源转换器
万用电表
洗发露
海绵
刷子
电池
浮石
牙刷
电池充电器
毛巾
修理套装
旅行袋
气密桶
护肤霜
线
剪刀
防晒霜
自制红酒
桨
冻干食品
咖啡
咖啡
咖啡
咖啡
咖啡

皮艇里该装些什么？

在海上探险时，亚历山大先生需要准备这些装备：

3 副折叠桨，5 条防浪裙，2 双皮艇手套，4 只浮锚，救生衣，一整套长短粗细不等的绳结，2 条安全绳还有 9 只用来收纳各种配件的艇用气密桶。

想在大西洋上航行，精良的追踪和定位设备必不可少：

2 台 SPOT 信号器，2 台 GPS 定位仪，2 部卫星电话，支持全球卫星定位及追踪功能并预装了海图的平板电脑。

当然，一本纸质的大西洋领航图也必不可少。皮艇上安装了固定的航海罗盘，亚历山大还随身携带着小罗盘和指南针。

瓶瓶罐罐里是几个月的食物，有：

肉罐头、鱼罐头、煮豆子罐头、速食米饭、咸味饼干棒、奶酪、各种糖果、巧克力、水果干、咖啡、砂糖、奶粉和牛奶，自家做的红酒，还有方便携带的冻干食品。

当然也可以在海上做饭，亚历山大为此准备了：

2 台旅行用液化气炉、11 罐 1 升装的液化气罐、2 只锅、2 只阔口保温杯、2 套餐具、2 只不锈钢水杯、5 只打火机、10 盒火柴、2 把切肉用的刀、电动海水淡化器（型号是"幸存者"E-40 型），还有 2 台手动海水淡化器及矿物质补剂套装。

独自在海上航行，发信号和救援用具是必需的：

3 只烟雾信号弹、9 只手持红光信号弹、紧急无线电示位标（EPIRB）、船用日光信号镜、医疗急救包、20 份应急口粮和 2 套钓具。

亚历山大还打包了 2 张睡垫和 1 条睡袋、3 副平光镜、笔记本、1 打稿纸、25 支圆珠笔、3 支铅笔、双筒望远镜、2 只手电筒和 2 盏头灯、GoPro 运动摄像机、2 台防水照相机、存储卡、浮潜面罩和呼吸管。

防浪裙

一般只在风浪中使用。一侧系在划手腰间，另一侧固定在座舱边缘。能将水隔绝在座舱之外，使皮艇免于进水。

浮锚

是一种悬浮在水中，像降落伞一样口袋状的锚。它们扯住艇首，减小风浪对皮艇的影响。

冻干食品

原料经过冷冻脱水变得很轻，耐储存，而且依然营养丰富。

$$= \quad + H_2O$$

烟雾信号弹

在海面上发出烟雾信号以标记幸存者位置和显示风向，对及时展开水上救援行动至关重要。

紧急无线电示位标（EPIRB）

定位沉船，并将警报信号传输至极地轨道卫星。

GoPro 运动摄像机

防水、防尘、抗摔的全天候运动摄像机。

像机器人一样工作

计划一次远航就像发动一台精密的机械，每个细节都很重要。亚历山大下定了决心，一步步按计划实行。远洋皮艇就绪，海水淡化设备、供电设备、导航和通信设备就绪，食物和水就绪，装备到位。选定航线，安排运输皮艇，从船坞到港口……很多朋友给予他帮助，但主导这一切的还是他本人。他还找到了赞助商分担活动的开销。他一个人就像一整个公司一样运转不停。

智囊团

很多人支持着亚历山大的准备工作。建造皮艇的安杰伊向亚历山大传授了很多航海经验，帮助他寻找最佳的航线。很长时间里，他们一起在地图上探寻：哪里有季风，刮到哪里？哪里有洋流，流向哪里？大西洋上什么地方刮大风下暴雨，哪里的风暴最危险？要知道，任何一道波浪或闪电对皮艇来说都很关键，能让它更快抵达彼岸，或者功亏一篑。

2010 年 10 月 5 日，秋。亚历山大将他的皮艇装上了开往非洲的"马格达莱娜"号轮船。两周后，他告别了家人朋友，带着自己的行李，开车前往柏林。

达喀尔　卡萨布兰卡　柏林　什切青

3 天后，他飞往塞内加尔的达喀尔。他将从那里的港口起航。

在达喀尔，当地人达明接待了亚历山大。他们是通过一位共同的波兰朋友结识的。

那天是星期天，亚历山大做不了别的事，就想了解一下这座非洲城市，好好体验它的色彩与气息。拉明骑摩托车载着他，穿梭在拥挤嘈杂的街道，拜访了热情好客的邻居，品尝了当地独具特色的美食。

10 月 24 日，"马格达莱娜"号抵达塞内加尔的港口，皮艇骄傲地卧在船尾。亚历山大开始储备新鲜的食物和水，然而，一个令人不安的消息传来。皮艇缺少合格的文件手续，不能在港口下水。当地官员很难沟通，也无法加急处理许可申请。傍晚，"马格达莱娜"号必须启程了，船长不得不在码头上卸下皮艇。

"欧罗"号下水

　　时间一分一秒地过去，亚历山大越来越焦急。

　　终于拿到许可，可以起航了！可是"欧罗"号被扣的位置距离海岸 100 多米，要想搬动它可不容易，必须雇搬运工或者租个起重机。经过反复沟通，港口工人用叉车举起皮艇，绕过集装箱和大大小小的货物，将它运到海岸边的码头上等待下水。任何轻微的磕碰都可能毁掉这次远征。

　　叉车司机将皮艇放在码头边缘提前准备的支架上。亚历山大小心地挑选了起吊点，操作员缓缓地吊起艇首。皮艇悬在码头与水面间，亚历山大紧张得气都不敢出。一，二，三！几个汉子扶着皮艇的侧面，猛地将它推入水中，成功了！让"欧罗"号下水恐怕是这趟旅程中最惊险的时刻之一了！

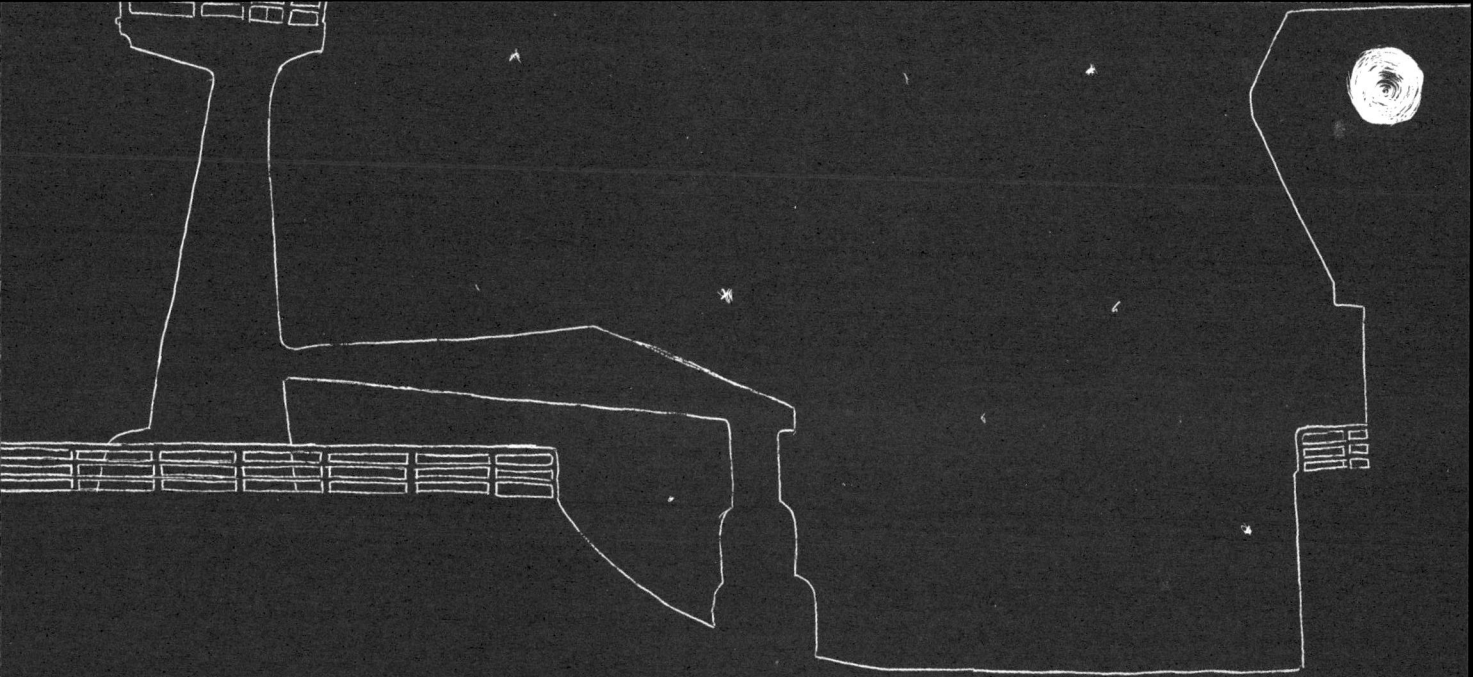

马尾藻
大西洋西部海域特
有的黄褐色藻类。这片
海域因此被命名为马尾
藻海。这里还有很多浮
游生物，这些小东西一
碰到桨就发出绿色的
光。皮艇划过的地方，
像暗夜银河的倒影。

　　在城市里，身边有成千上万的人，可孤身踏上旅途的亚历山大从没觉得被人遗忘。他偶尔和家人朋友聊聊天，他知道他们在惦念他。在一望无际的海面上，许多生物和他同游：海龟，海鸟，鱼类，昆虫，有时也能碰到人。

不速之客

　　左，右，左，桨不断地拨起水花。远处出现了一个黑点，是鲨鱼鳍，还是船？黑点渐渐清晰，是一艘独木舟，正朝皮艇驶来。亚历山大有客人了。他们是谁，是渔民，还是海盗？在非洲海岸见到海盗并不奇怪，他们并不像故事里的样子，不戴眼罩，没有钩子，也不养鹦鹉。但故事说中了一样——他们会上船抢劫。皮艇和亚历山大的命运瞬间就落到他们手里了。这艘独木舟足有皮艇的两倍大，水手们相互大吼大叫。他们试着接舷，亚历山大则拼着命用桨将他们的船推开。他一个劲儿地点头，表示自己什么值钱的东西都没有，也不会轻举妄动。独木舟渐渐失去了兴趣，开走了，威胁解除了。

神秘的来访者

天气不错，太阳当空照，只有几朵微云。

亚历山大远远地望见一艘轮船。想到马上就能见到人了，他很兴奋，赶忙穿上衬衫，期待着与轮船相会。

巨大的集装箱货轮气宇轩昂，一点点靠近。它足有20个皮艇的长度，上万个皮艇加起来估计也没它重。它越来越近，径直逼向皮艇，亚历山大着急地跳着脚挥手，示意它避让。然而对面没有任何回应，宽阔的甲板与舰桥上空无一人，这是一艘幽灵船！在最后的30米距离上，这个庞然大物忽然改变了方向，没有碾过皮艇而是擦肩而过。这真是一个奇迹！

愉快的会面

在海上遇见皮艇时，大船一般会主动接近，亚历山大也会上船拜访。他会准备好望远镜、照相机和对讲机，好方便与大船上的船员沟通。一句句亲切的问候和暖心的鼓励，是孤独的远航中令人愉快的插曲。对大船的水手来说，能在大洋中见到这种小皮艇也是一种奇妙的经历。

黑色云团

蚊虫们笼罩了皮艇。黑黑的，绿绿的，很细小，大都1厘米左右。它们无孔不入，盘踞在每一个角落。亚历山大每天被它们搞得精疲力竭。他试着将虫子打到水里，希望能吸引些鱼儿靠近。

海中护卫

鬼头刀鱼是亚历山大先生在大洋上最亲密的战友，整个旅途中它们一直提供帮助。它们会在皮艇两侧往来巡游，为皮艇护航。但当它们贴得过近，亚历山大就不得不教训它们，用桨拍它们的脑袋。有时它们追逐猎物会猛地跃出水面几米，砸到水里，溅起巨大的浪花。这样亚历山大不光可以免费淋浴，幸运的话还能饱餐一顿。

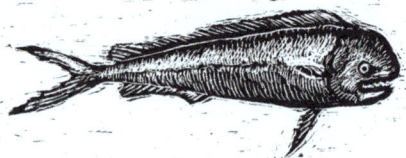

迷你舰队

在 2010 年圣诞节后的第二天，一支迷你帆船舰队出现在了皮艇旁。它们直径几厘米，头顶蓝色的帆，略微透明。

亚历山大见到的是僧帽水母，别名叫"葡萄牙战舰"。僧帽水母的顶部像一张小帆伸出水面，借着风移动。在水面下，僧帽水母有几米长的剧毒触手，碰一下就可能要了命。

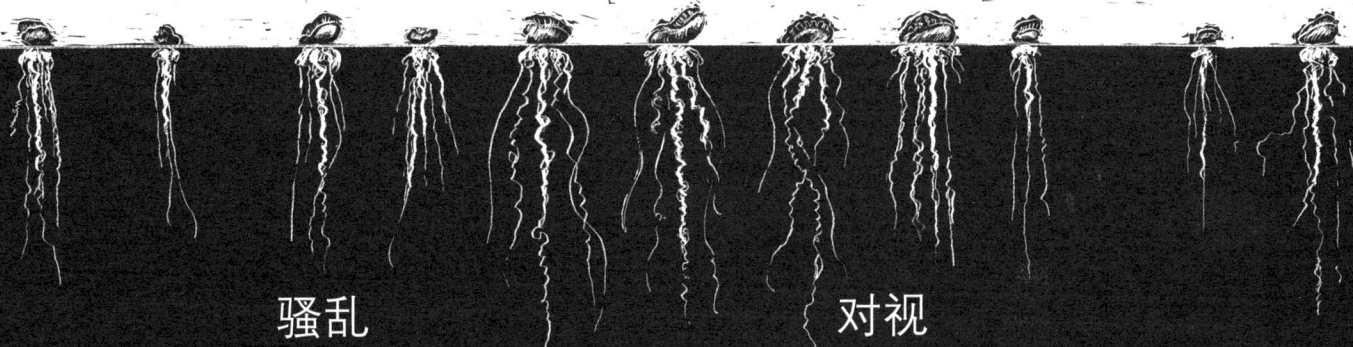

骚乱

　　黑夜降临，皮艇周围一片嘈杂，亚历山大被恐惧包围。不一会儿，他突然意识到这是一群海豚。它们时而在水下的黑暗中穿梭，时而停下来与皮艇并肩。又过了一会儿，周边的声响没了，海豚们消失得无影无踪。

对视

　　一天夜里，皮艇触底了。令亚历山大想不通的是，从地图上看这片海域并没有浅滩。不一会儿，皮艇下面又受到了撞击。亚历山大环顾四周，寻找原因，直到他发现一只鲨鱼也在盯着他。没多想，亚历山大玩命似的挥桨，狠狠地敲中了鲨鱼的脑袋！鲨鱼依然在皮艇下游弋，亚历山大打量了一下，那条鲨鱼足足有三米半长！这可比他自己还长上一倍。不多久，不知道鲨鱼是不想再挨打了还是怎样，游走了。

33

淡水
在海上，每一滴淡水都是无价之宝。亚历山大只有几十升瓶装饮用水的库存，必须通过淡化海水来满足淡水的需求用量。

亚历山大奋力划桨，征服着恶劣的环境。在海上他不断地发明出便利的工具，修复着受损的设备。但琐碎的日常也是他逃脱不了的。吃、喝、拉、撒、睡外加洗澡，伟大而孤独的探险者跟林中求生的野兽没什么两样。

海上摇篮

　　想象一下大海的寂静与孤独，还有头顶的星星，是不是个睡觉的好地方？大错特错！皮艇上的座舱很小，旅途中还会被各种货物填满。想伸直双腿休息？别想了。扔在座舱里的两张垫子就是床垫，把两件衬衫团成球塞到包里就是枕头。亚历山大蜷缩着身体，尽管有时海浪会轻言细语地催他发困，但不时又会猛烈地击打艇身，让他无法入睡。

　　舱里容不下富余的空气，每2～3小时亚历山大就必须打开舱门透气，顺便看看航线上有没有别的船以确保安全。之后他可能再歇一会儿，或者干脆打起精神，继续旅程。

雨水

天气很热的时候忽然下起雨，那种感觉真是爽快。对亚历山大·多巴来说不光如此，下雨还是难得的淋浴，能洗掉汗水蒸发后留下的结晶盐。雨水又是淡水，是饮用水的来源之一。亚历山大会把防水帆布搭在两腿之上，收集落下的雨水。

明明周围全是水，为什么还要收集雨水呢？很不幸，海水是咸的，盐度很高，含盐量有 3.5%。长期饮用海水会要了你的命。

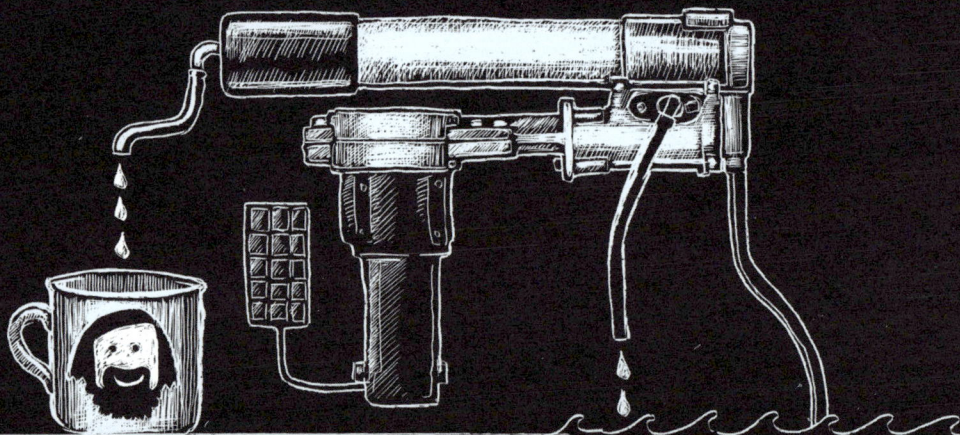

而远征几个月需要的几吨水，皮艇根本不可能装下。这就是为什么亚历山大先生除了瓶装水，还携带了 1 台电动海水淡化器和 2 台辅助用的手动海水淡化器。

大西洋上的咖啡秘方

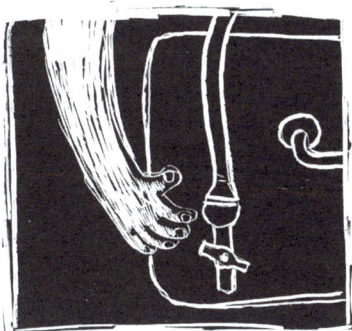

钻进舱室，打开海水进水阀。

开启海水淡化器。

几分钟后将淡化后的水引入塑料杯并检查水质。

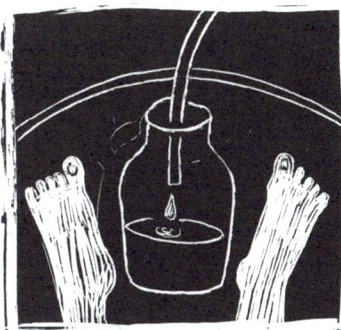

将接水的瓶子放在座舱里，等待海水淡化器工作。别闲着，趁着这工夫继续划。

将水倒入黑色的塑胶袋，绑在艇首，等太阳把水晒热。

支起液化气炉，将已经被阳光预热的水倒进铝锅，烧到沸腾。小心，可别让锅子掉下来，最好把垫子支起来当防风罩。

罐子里加两勺咖啡，倒入热水。盖紧盖子摇晃均匀。

拧开盖子，挤入少许炼乳。叮，咖啡做好了！肯定是方圆数千里中最棒的！

每天准备几顿饭？

3顿，4顿，5顿？没准儿再来顿夜宵，来点儿零食？想想看，亚历山大在大西洋上几个月的远航需要准备多少食物？早餐、午餐和晚餐，他必须精心安排以保证身体健康、精力充沛来航行。他尽量选择一些耐储存又方便携带的食物，像罐头装的速食汤、冻干食品、各种罐头、大米之类的谷物、豆子、意大利面、硬干酪、糖果、奶粉、炼乳、速溶咖啡、果脯等。在很长一段时间里，他不得不忘记刚出炉的面包和新鲜饭菜的香味。

为什么会受潮？

白天，上升的气温会加速水面的蒸发效应，将水蒸气带入空气中。到了晚上，失去阳光的照射，温度降低，水蒸气重新凝结成水滴。这就是为什么舱里会聚集水滴，变得潮湿。在炎热夏季的清晨，草叶上会凝结露水也是同样的道理。

当日食谱

亚历山大最喜欢的晚餐要数五香鸡肉饭了，这是一种冻干食品，经过低温干燥处理，方便耐储存。他准备了很多菜式的冻干食品，想吃哪一种，只要把它找出来，撕开包装袋，倒入碗中，加入热水，用不了几分钟，等冻干食品吸水膨胀就可以吃了。冻干食品含有的维生素和矿物质几乎与新鲜饭菜相当！

要想保存好这种食品，千万要小心受潮。这项任务并不容易，尤其当亚历山大航行在温暖而潮湿的大西洋水面上时。

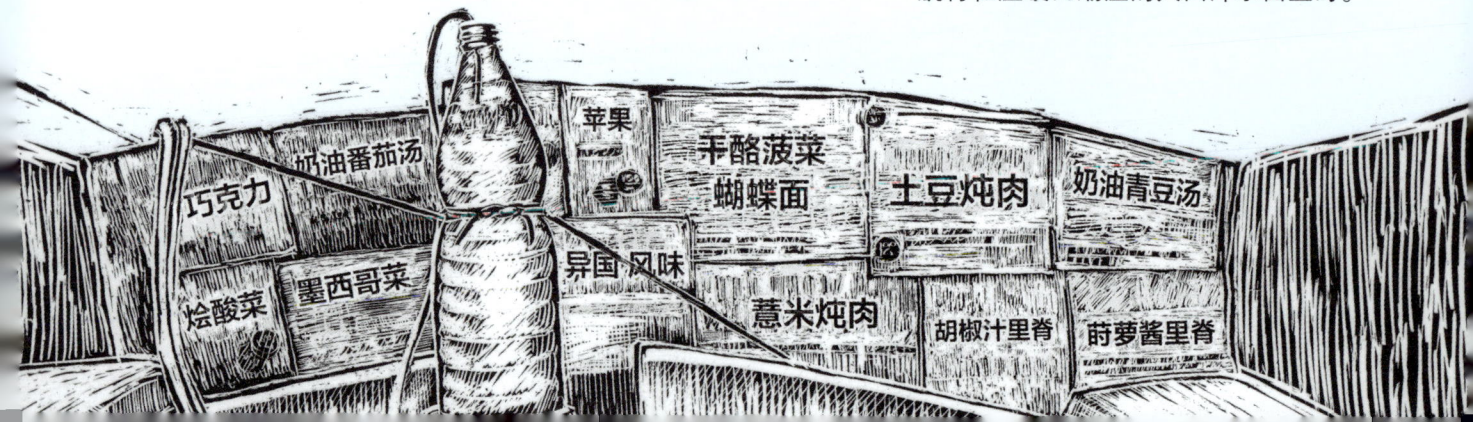

苹果

奶油番茄汤

干酪菠菜蝴蝶面

土豆炖肉

奶油青豆汤

巧克力

墨西哥菜

烩酸菜

异国风味

薏米炖肉

胡椒汁里脊

莳萝酱里脊

飞来生鱼片

嗖的一下，一个飞来的家伙意外地改善了亚历山大的伙食。它从水中飞跃而出，滑翔 200 多米后又钻入了水中。这就是飞鱼。

飞鱼可以用它们长长的胸鳍跃出水面滑翔，滑翔时的速度足有每小时 90 千米。有时候它们会"瞄准"皮艇，要是被它们撞一下可真是疼得要命。但假如足够幸运，等它们掉到座舱里，今天就可以加菜了。天上有时还真会掉"馅儿饼"。

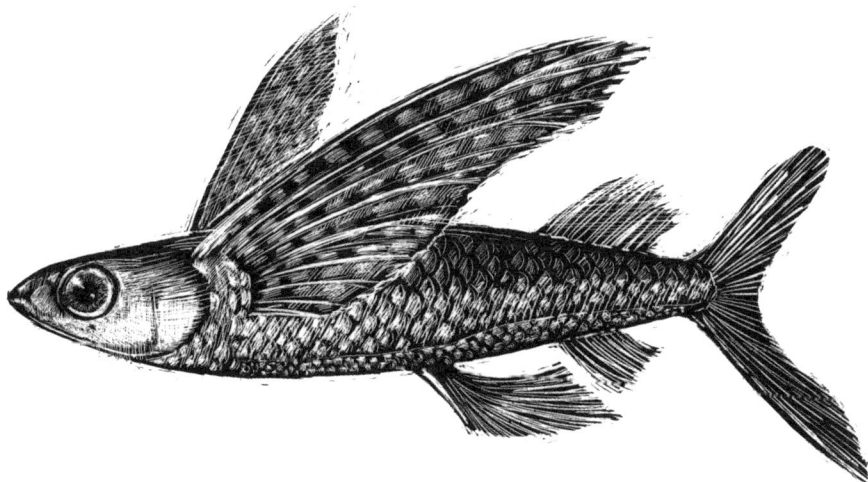

海水浴

你想想，烈日当头，在温暖的海水里洗个澡肯定很舒服吧？反正亚历山大之前是这么想的，他的身体已经因为奋力划桨而变得滚烫，汗水也止不住地从后背上沁出。拿海绵吸些海水，从头顶挤下来，并没什么效果。是时候下水泡个澡了。

亚历山大把桨稳住，套上了安全绳坐到艇尾，把双脚舒舒服服地浸入水中。忽然，一扇巨大的背鳍窜出了海面。

和鲨鱼同游肯定会成为一段最难忘的回忆，但搞不好也会是你人生最后的记忆。亚历山大不假思索便抬高双腿。尽管眼前是一望无际的海洋，他也只能攒起盆子舀水，马马虎虎冲一下身子。

健身房

划桨并不足以让全身得到充分锻炼。亚历山大会把自己的皮艇当作健身房。他每天都会锻炼划桨时用不到的肌肉，尤其是腿部。他紧紧地抓住皮艇上的杆子做引体向上，还有深蹲和伸展运动。

大西洋上的卫生间

　　你想没想过在皮艇上怎样如厕？皮艇上真的没有一个"僻静的角落"。没别的办法，亚历山大必须光着屁股，露天解决上厕所的需求。海中总有掠食者像看着甜点一样虎视眈眈地盯着他，准确地说是他的屁股。

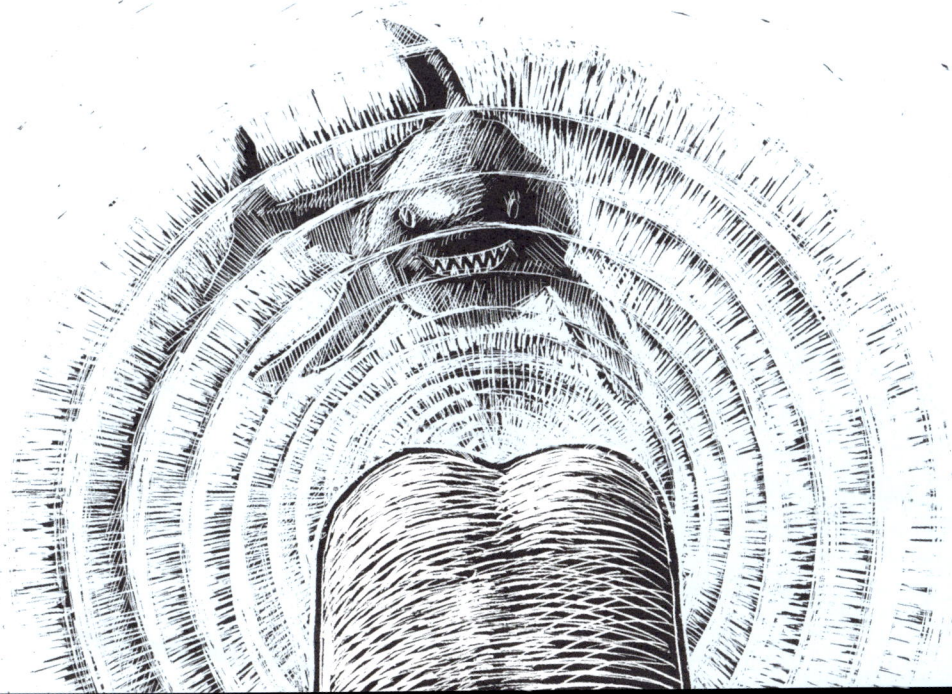

罗盘玫瑰
罗盘玫瑰又叫罗
针图，是常出现于地
图与海图上的图案，
用于指示方位。也经
常出现在指南针和罗
盘的表盘上。

远离陆地，漂在大洋上，看不到任何海岸。亚历山大怎么知道该往哪儿去？怎样辨别东、南、西、北？如何航行才能不搞错方向？

指南针与航海罗盘

　　海上可没有道路和指示标。水手们要想顺利航行，必须借助各种导航设备与工具，它们有的简单，有的复杂。为了横渡大西洋，亚历山大首先要确定自己在哪里，其次便是行驶的方向。从有数百年历史的传统工具，如指南针、航海罗盘、航海图，到复杂而先进的电子地图、全球卫星导航系统，亚历山大用上了所有能得到的设备。

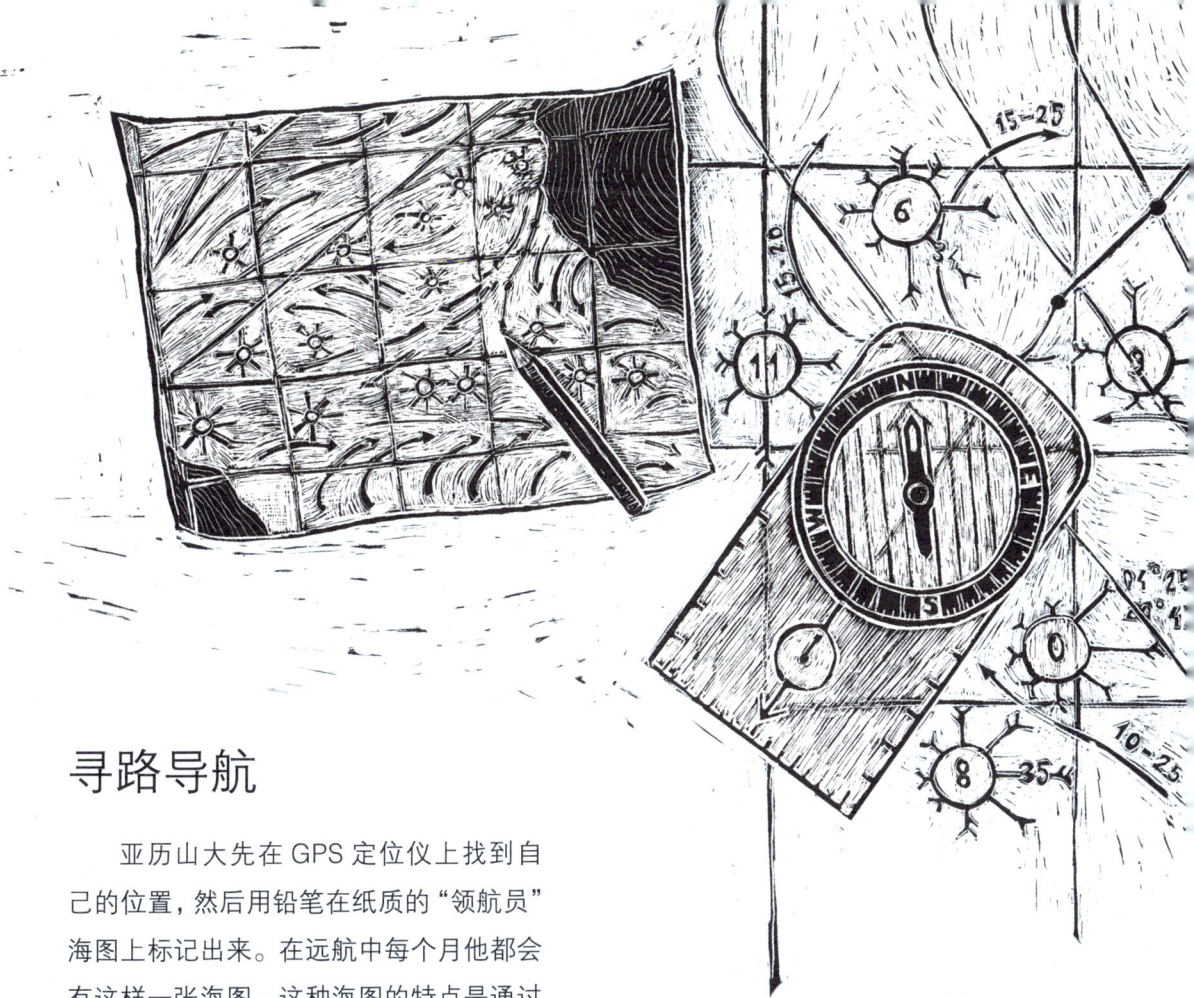

寻路导航

　　亚历山大先在 GPS 定位仪上找到自己的位置，然后用铅笔在纸质的"领航员"海图上标记出来。在远航中每个月他都会有这样一张海图，这种海图的特点是通过多年对洋流及风向的观察，标记出特定区域当月的详细状况。

　　如果能接收到信号，他会联系安杰伊寻求建议并查看天气信息，在海图上确定一条最佳航线。在划桨的同时他也不会忘记时刻检查指南针，以确保没有偏离既定的航线。

GPS
全球卫星导航系统。通过围绕地球运行的卫星，提供行人、车辆、飞机、船舶的地理位置信息。

北极星

　　星星是最经得起考验、永远不会失效的路标。自古以来，只要天空晴朗，它们就会为旅行者指示方向。在北半球，北极星是向导。当夜幕降临，它会出现在北极上空附近。而在赤道以南，南极上空坐落着南十字座星。

　　和过去的水手一样，亚历山大·多巴白天借助指南针确定航向。到了晚上，他借助桨观察特定的星星，并将艇首指向星星的方向。

无线电波

假如在 120 年前，亚历山大要想与陆地通信，只能靠漂流瓶和信鸽，或者让海鸥们开个邮局。在 19 世纪的最后 10 年，随着电磁波被发现以及无线电通信技术的发明，信息传递的新纪元拉开了帷幕。海上船只从此能够方便地与陆地通信，并知晓自己的确切位置。亚历山大可以接收到指示皮艇位置信息的信号，还能每隔几天跟亲友们通个卫星电话。

聊天

亚历山大先生正划着皮艇，电话铃响了，他伸手拿起了听筒，悠闲地跟妻子闲聊。当然，这都是想象。在皮艇上想打个电话可没那么简单。

为了防潮，卫星电话得关闭电源，收进舱室里。考虑到整个航程的电量，亚历山大必须注意节电。他安排好特定的通话时间，每周三次，通常是下午七点。每次快到这个时间，他才会把卫星电话从密封包装里取出来，举在耳边，等待铃声响起。

假如暴风雨来了，则根本接收不到信号。就算能够顺利通话，卫星电话服务也是笔不菲的开销。所以亚历山大先生会优先选择发短信，或者用电子邮件跟家人朋友通信。

一个点

　　SPOT 信号器是个由电池供电的小家伙，每 10 分钟就会发送一次皮艇的位置信号，在屏幕上显示为一个小小的点。在安杰伊的帮助下，亚历山大的亲友们能实时掌握他的状况，稍感放心。安杰伊还可以根据定位给亚历山大发送天气信息，给出航线的建议，好让他尽量避开风暴，更好地利用风来航行。

龙卷风

在海上又被称作海龙卷风或水龙卷，是一种快速移动的空气涡旋，会出现在陆地或海洋上，破坏力惊人。

有一次水龙卷忽然出现在亚历山大先生的艇首方向，所幸它很快就消失不见了。

想横渡大西洋，强风和暴雨都是逃不掉的。更不可思议的是，在大洋中还要跨越深沟和高山，应对洋流。

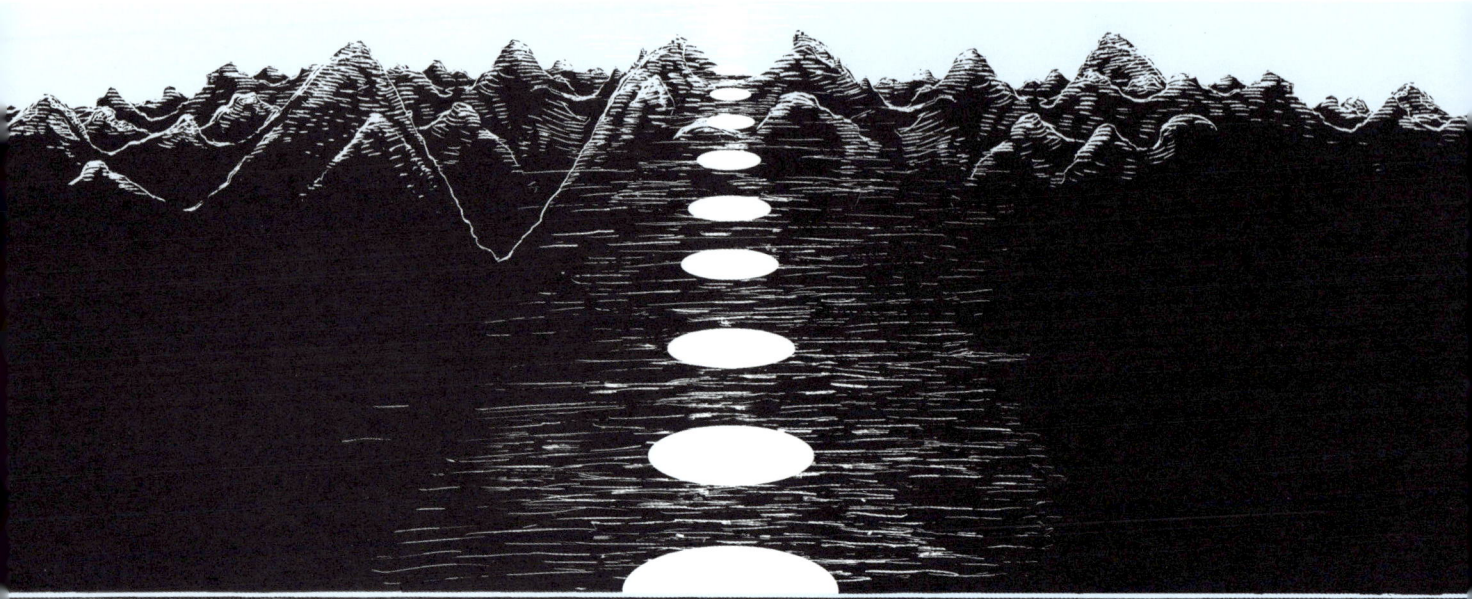

海底山脉与海底峡谷

　　海底其实并不是一马平川，而是跟陆地表面差不多，有深沟，有洞穴，有峡谷，有丘陵还有山脉，唯一的区别就是这一切都被水淹没着。想要顺利地划皮艇远航，就必须对海床的构造了如指掌。

阻碍

亚历山大奋力划桨，几天里没什么风，他却毫无进展，甚至被推回北非方向。这到底是怎么回事？

亚历山大从舱室的水密桶里取出装海图的袋子，拆开密封将海图取了出来。他开始像一名机警的侦探一样调查，到底是什么样的神秘力量让皮艇止步不前。

在一张显示海床构造的古旧海图上，他找到了答案。他正位于塞拉利昂的海底山脉之上，山顶到水面只有约 700 米，留给水的空间很小，使得水的流速加快。对大型船和船上的水手来说，这点流速变化无关紧要；但对"欧罗"号和亚历山大来说，这几乎是一个无法逾越的障碍。

当亚历山大知道了这股神秘力量的来由之后，他决定逃出这个陷阱。

他调整艇身，垂直于水流，尽可能地借助有利的风，像疯了一样玩命地划桨。

经过好几个小时的努力，他终于逃离了这座海底山脉。

洋流

海洋并不是一团死水。你可以想象一个由无数朝不同方向流动的水流交错构成的巨大网络，这就是洋流。洋流到底为什么会这样复杂地运动，我们几乎无从知晓，但只要我们的地球还在旋转，洋流就不会停歇。

水的温差、盐度以及风都会影响洋流。水越冷，密度就越大，而当水温升高，密度就会变小，从而膨胀向陆地流动。洋流和风一样，对航行的顺利与否至关重要。如果逆洋流而行，将需要对抗水的巨大阻力，航行缓慢，还会浪费很多燃料。

当皮艇逆着洋流划行时，需要更大的动力才能向前行进，而亚历山大只能依靠自己的双臂。

在计划远航时，亚历山大已经了解了洋流的详细情况，好寻找有利的洋流，避开可能会遇到的阻碍。

第一次远航，亚历山大曾被困于赤道逆流。他不停地朝不同的方向划行，然而水流复杂，不可预测。经过 10 周的努力与不断试错，他终于成功逃脱。

世界上最大的洋流

在从欧洲到北美洲的航线中，亚历山大遇上了世界上最大的洋流——墨西哥湾流。它的水流量足有世界上最大河流亚马孙河的 150 倍，想想是多么的巨大！

亚历山大必须越过墨西哥湾流以抵达美国佛罗里达州的海岸。这里的流速高达每小时 9 千米，海浪足有 7 米高，差不多相当于两三层高的小楼。对于小小的皮艇来说，这是一个捉摸不定、几乎无法战胜的巨人。

然而亚历山大和他的"欧罗"号再一次通过了这场对意志力和皮艇驾驶技术的双重考验。经过几十个小时的奋战，他跨越了墨西哥湾流，最终靠近了佛罗里达州的海岸。

天气预报

观察天气现象是预测天气变化最
行之有效的手段。对水和云形态的观
测尤为重要，从它们的形状、浓淡和
颜色，可以看出很多端倪。小片的碎
积云慢慢聚集成浓积云，接着转变为
积雨云，意味着一场暴风雨即将来临。
天空的颜色愈加沉重，一切似乎无法
阻挡，好像有人举起厚厚的毛毯想让
大洋窒息。接着海水也变成了墨蓝色。
海浪一波比一波高，2米、3米，然
后5米，接着就有10米高了。

碎积云

碎积云是积云的一种，
除了文中提到的碎积云、浓
积云，常见的还有淡积云。
而积雨云并不属于积云类型。

暴风雨

又称雷暴，是强而突然
降临的暴雨，多发闪电是雷
暴的典型特征，通常会持续
数小时。在大西洋上，暴风
雨常常接二连三地出现。

风暴

风暴是能持续好几天的
狂风，常常伴有降水。

暴风雨

亚历山大觉察到风浪正在接近，
他开始做迎战的准备。他关紧了舱
门，到座舱坐稳，穿上救生衣，系
好安全绳，将防浪裙张开、绑好，
接着，他将安全绳另一端紧紧扣在
艇身的把手上。几乎同时，倾盆大
雨霎时间灌了下来，海上的第一次
暴雨降临了。

亚历山大必须将皮艇垂直迎向
海浪，因为海浪如果击打到艇身的
侧面，皮艇将会翻覆，或者旋转失
去控制。他用尽全力划桨、操舵控
制住皮艇，对抗暴风，避免皮艇被
吹到危险的地方。

风暴

    暴风雨持续了好几天，亚历山大不得不一直躲在舱室里。这使他无法控制皮艇航行的方向，风暴很快就会把它推离航线。他不能接受这个事实也不愿放弃，那在舱室里能做些什么呢？事实证明，使用绳索连接的浮锚是一种有效的手段。浮锚一旦被投入海中便会张开，被大量的水拖住，产生反向的拉力来抵抗风的作用。它们还有一个作用，就是把艇首扯向海浪的方向，使皮艇垂直于波浪。

    一旦海上出现风暴的迹象，亚历山大就会抛出浮锚，在舱室里静静等待风暴的降临。

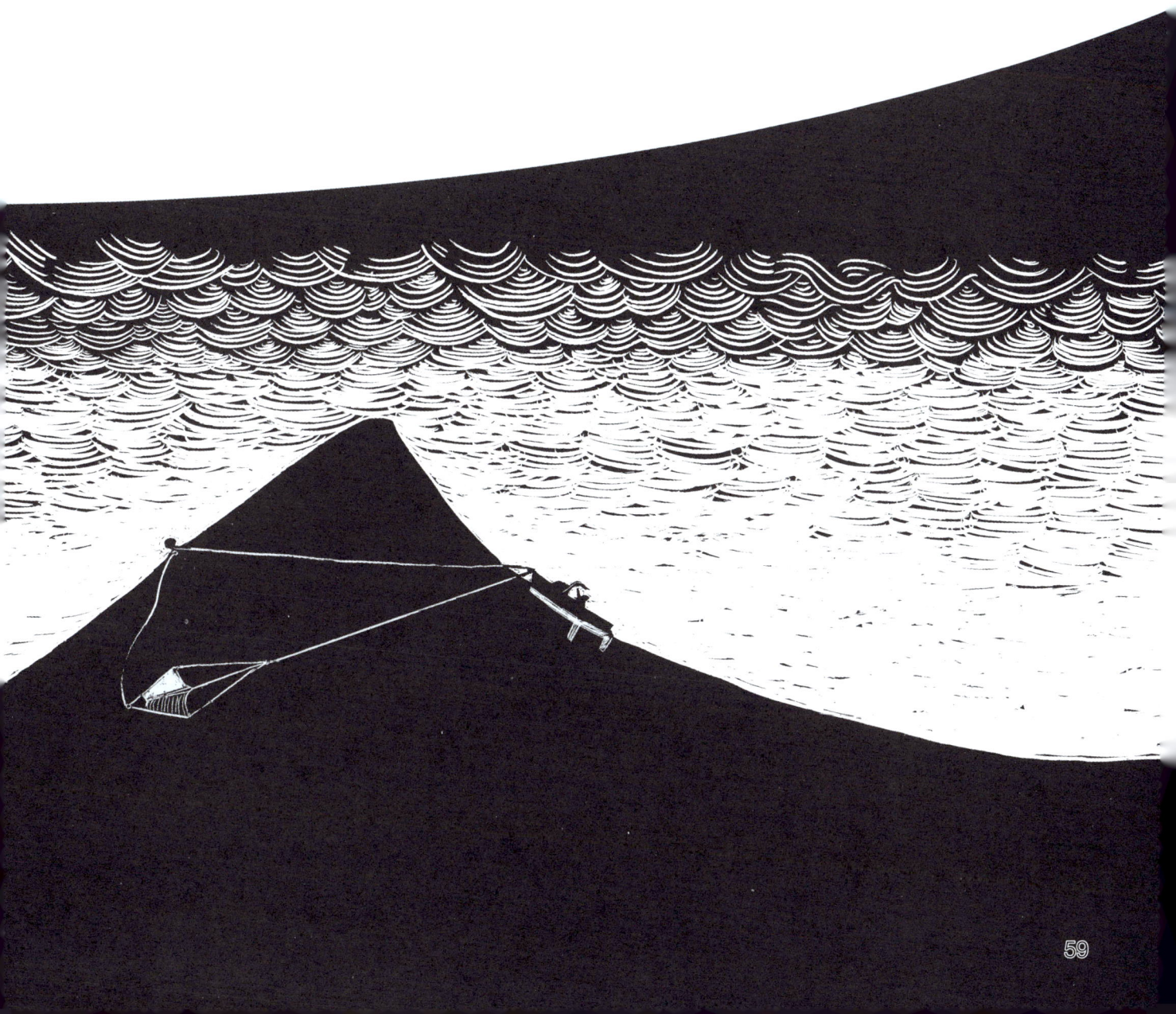

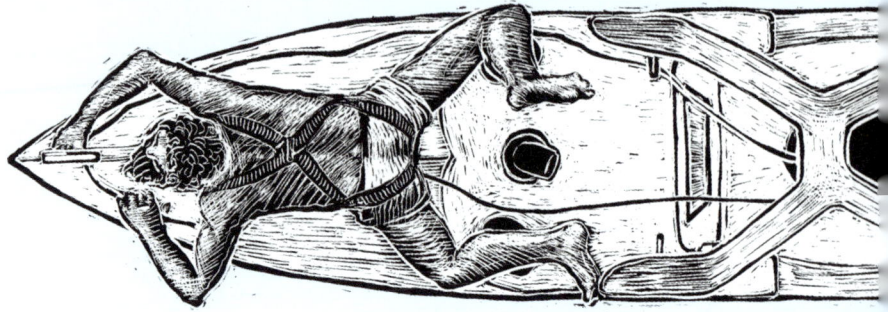

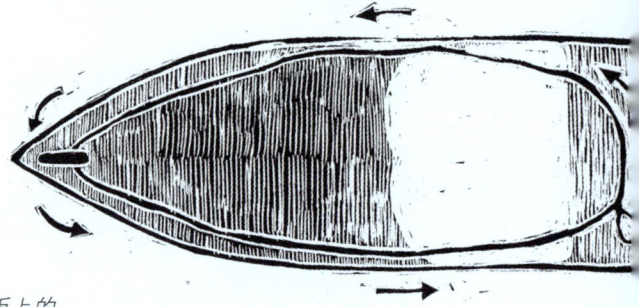

穿过艇首甲板上的
把手的环形绳索就像传
送带一样，只要把浮锚
拴在上面，拉动绳索，
就可以放下浮锚，拉动
绳索的另一侧，便可以
把浮锚收回来。

座舱里的洞

　　为了更好地应对可能出现的极端天气，亚历山大继续改装
自己的皮艇。他在座舱与舱室之间的隔板上打了两个孔，各穿
了一根绳子，并将绳索的一头绑在座舱的转向踏板上。这样，
以后遇到风暴，他就可以躲进舱室操控方向舵转向了。

极限操作

　　为了将绳索穿过把手，亚历山大必须亲自到艇首去，在晃晃悠悠的甲板上这可并不容易。

　　亚历山大扣好安全绳，爬出座舱，像蜗牛一样紧紧贴着甲板，缓缓地向艇首爬去。在皮艇的两侧，掠食者的背影若隐若现。它们在静静地等待，等待着亚历山大一个失足，"扑通"一声掉到水里。波浪左右摇晃，上下摆动，给这场面增添了紧张的气氛。但亚历山大不为所动，他小心地将绳索穿过把手，然后退回座舱，将绳索的两端绑紧，传送带就完成了。

　　如此困难的极限操作也难不倒我们的亚历山大先生！

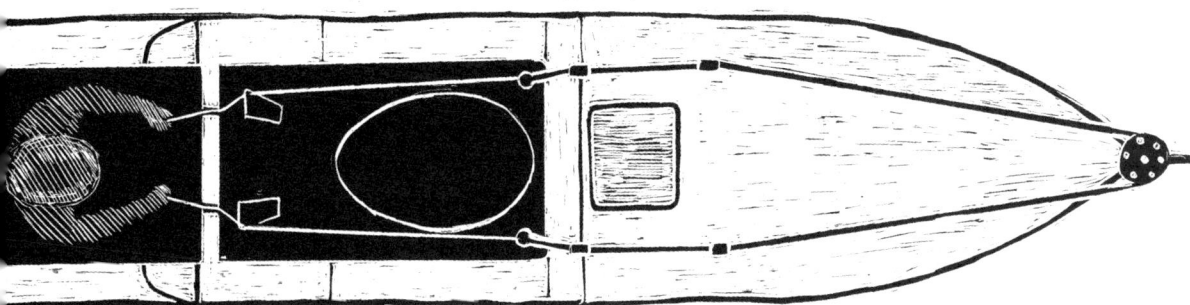

放下桨，该休息一下了，但亚历山大并不会无所事事。什么坏了，修好它！不太好用，改造它！一位优秀的工程师永远不会停止思考。他不停地设计着，试验着，总是在思索如何才能改进皮艇，什么样的设施才能提高海上生活质量。

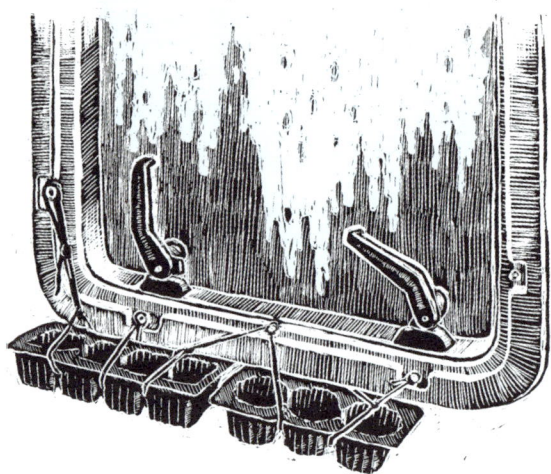

海上四星级酒店

是时候升级皮艇的居住环境了。

亚历山大睡觉时必须保持舱门半开，否则氧气很快就会耗尽。所以时不时就会有浪花甩进来，淋到熟睡的亚历山大脸上。

一天他吃完甜点，看着剩下的塑料格子包装，忽然想到了一个法子。他将这些格子沿着舱门边缘固定好，这样浪花就会被它们挡下，一个简易的盛雨器就做好了。

室内设计师

亚历山大想要更好地利用皮艇上的空间，他要添置些新家具了。在艇身两侧，他用绳子固定了一些肋板，做成好些大小不一的格子，在内侧又加装了几面泡沫板，好跟他睡觉的空间隔开。这样，之前散落在地板上的东西被收纳得井井有条，亚历山大终于可以伸直腿躺下了！

储物箱的故事

第二次横渡大西洋的远航中，亚历山大在皮艇尾部加装了一个玻璃纤维板制作的储物箱，用来装一些舱里摆不下的食物。但这个储物箱的功用远远不止于此，当食物被吃完，它还能被拆解，用作改装的材料。

座舱风挡

亚历山大用锯子锯开储物箱，用玻璃纤维板做成座舱的风挡，这样水浪就更不容易进到座舱里了。他的睡眠质量因此提高了不少。

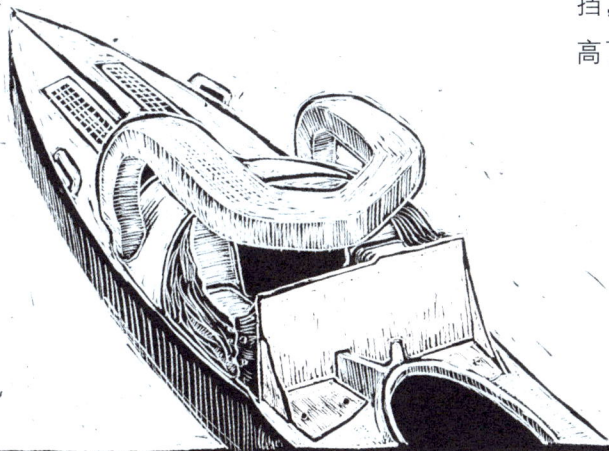

"自动舵机"

剩下的玻璃纤维板被做成了一个"自动舵机"，在艇尾与方向舵相连接，可以调节角度。当设定好与舵的夹角后，亚历山大就可以安心去睡觉了。在风的作用下，"自动舵机"会固定住方向舵的朝向，这样皮艇就不会偏离航线了。

安装"自动舵机"真是一项挑战，亚历山大绑好安全绳爬到艇尾，将就着用小刀钻孔，不过他又一次成功了。

病痛

　　亚历山大先生是真正的硬汉，他几乎从没抱怨过病痛。当然，在一个人的孤独远航中，他也没法向别人抱怨。他明白，想要成功横渡大西洋，需要高效的设备，更需要强健的身体与不屈的意志。

　　海水顺着桨流到掌心泡软了皮肤，手很快被磨烂了。水和盐分还使伤口难以愈合。尽管承受着巨大的痛苦，但亚历山大先生从未停下手中的桨。他不能接受因为不舒服或者生一场小病就让远征报销。皮疹和结膜炎也使远航变得更加艰难，但他很快适应了与这些疾病同行。在陆地上仅仅感到不适的小病，在海上很有可能成为大麻烦。在这里可指望不上医生开药治病，他必须自己照顾好自己的身体，还得持久地忍受所有病痛。

酷热

　　广阔的海面波光粼粼，闪烁着来自太阳的光芒，啊！在灿烂的阳光下划船，多么愉快！不，刚好相反，在海上太阳也可能很危险。白天，皮艇停在水中太久，中暑可能很快会要了你的命。

　　因此就算是大晴天，亚历山大也不会收起防雨用的顶篷，因为它同时是很棒的遮阳篷。在第二次远航中，顶篷太小不足以用来遮阳，亚历山大便时时戴好遮阳帽，免受热辣阳光的荼毒。

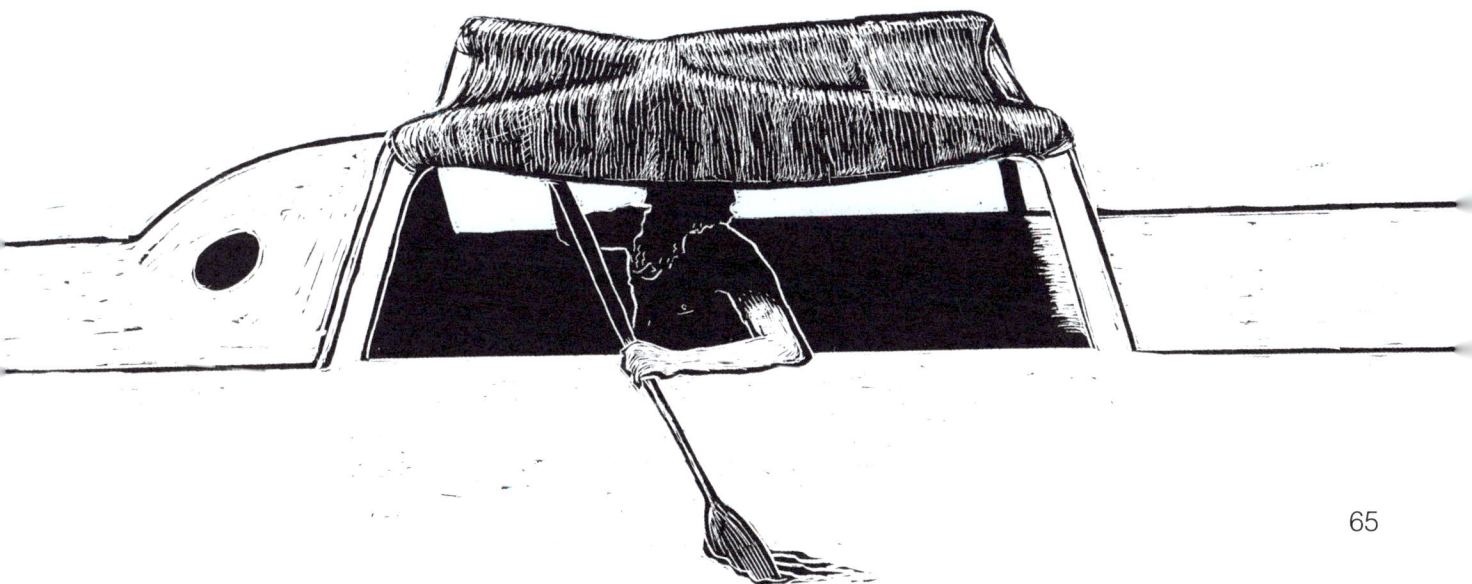

舵

安装在艇尾像鱼鳍一样的方向舵，用来保持或改变航向。

掌不好舵的皮艇划手根本不可能沿着正确的航向航行。

人算不如天算。即使做了最充分的计划与准备，在远航中还是会不断出现意外。

比如大气现象就很难准确预测。正因为如此，亚历山大准备了许多好用的装备。

海水淡化器

在第一次远航的第 10 周，电动海水淡化器坏掉了。亚历山大把它拆开来修理。他试着把每根电线的触点和所有螺栓上的污垢都清理得干干净净，打开开关，没反应，淡水并没有从龙头流出来。亚历山大不轻易放弃，又尝试了很多次，还是不行。

在接下来的一个月里，他每天就只能用手动海水淡化器了。这本来只是一个备用方案，用手动淡化器每小时只能处理出 3 升水。又过了几天，亚历山大发现手动淡水净化器还可以用腿操作，能解放双手省点儿力气，而且对海上不常活动的双腿还是很好的锻炼。

大西洋又一次跟亚历山大开起了玩笑，第二次远航，新的电动海水淡化器也坏掉了。亚历山大再次反复拆解修理，并想搞清楚究竟是什么导致了故障。后来他才知道，这个批次的产品有质量问题，不过这一台恐怕是几千台故障机器里唯一横渡过大西洋的吧。

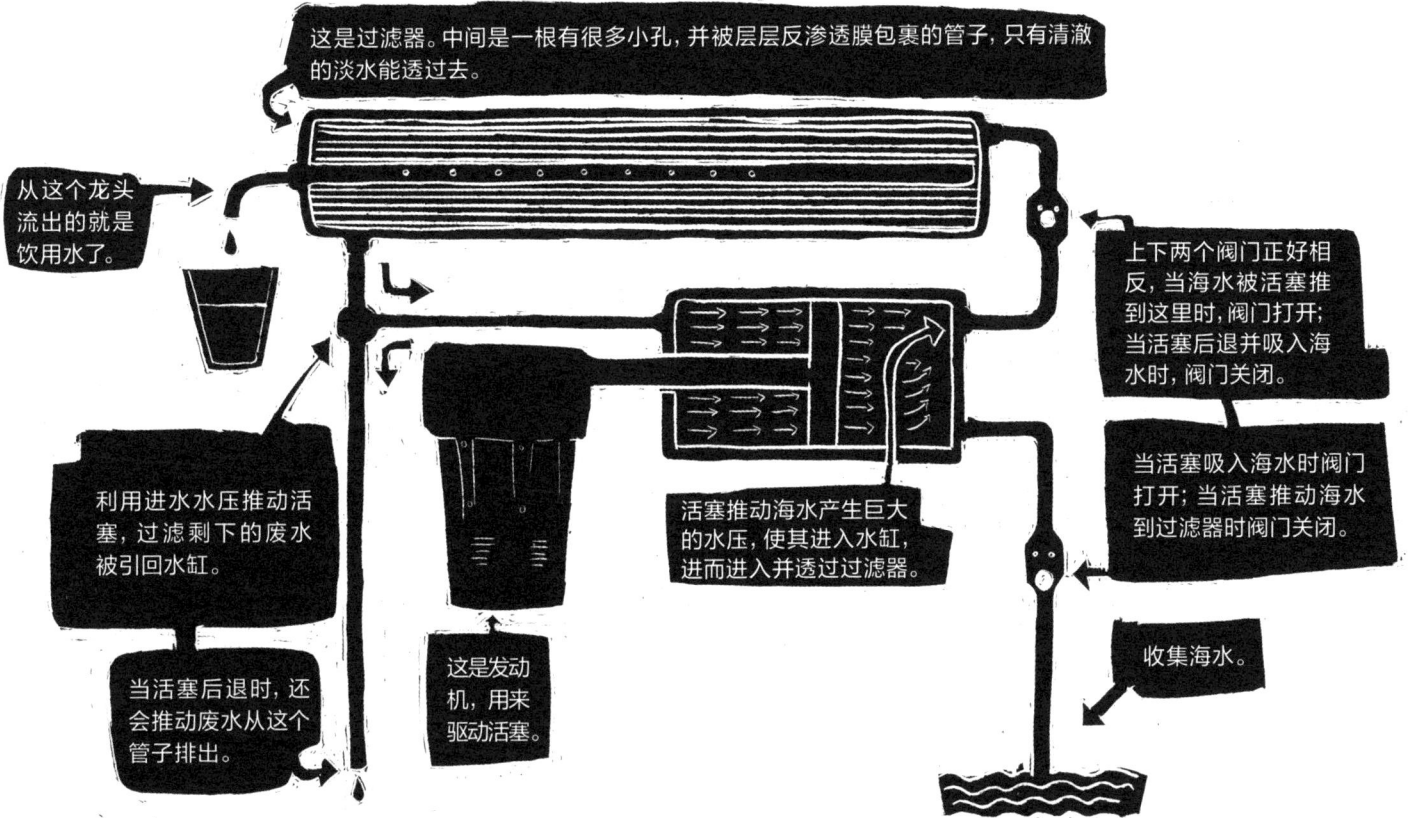

这是过滤器。中间是一根有很多小孔，并被层层反渗透膜包裹的管子，只有清澈的淡水能透过去。

从这个龙头流出的就是饮用水了。

上下两个阀门正好相反，当海水被活塞推到这里时，阀门打开；当活塞后退并吸入海水时，阀门关闭。

利用进水水压推动活塞，过滤剩下的废水被引回水缸。

活塞推动海水产生巨大的水压，使其进入水缸，进而进入并透过过滤器。

当活塞吸入海水时阀门打开；当活塞推动海水到过滤器时阀门关闭。

当活塞后退时，还会推动废水从这个管子排出。

这是发动机，用来驱动活塞。

收集海水。

皮艇到哪儿去了？

在第二次横渡大西洋时，亚历山大的 SPOT 信号器坏了。按钮破裂导致机器进水，不能再发出信号，所以安杰伊接收不到皮艇的位置信息。不过不用担心，亚历山大还有一个备用的定位器。这台老旧的定位器用 5 号电池供电，亚历山大只在需要的时候才会打开它，因为他没有准备多少 5 号电池。

求助

SPOT 信号器

SPOT 信号器上有两个重要按钮：

求助（HELP）——按下这个按钮只会通知指定的联系人，不会呼叫紧急救援人员。

求救（911）——呼叫紧急救援人员。按下这个按钮会发出求救信号，紧急救援人员会直接前来展开救援行动。

7 号电池

亚历山大准备了很多 7 号电池，用来给新款的 SPOT 信号器供电。

5 号电池

5 号电池可以给老款 SPOT 信号器供电，不过他没准备多少。

海上的静默

第二次远航时，亚历山大的卫星电话一度停止了工作。并不是因为电话受潮或者机器有故障，而是因为——"您的账户余额不足，请充值。"然而亲友们对此一无所知，亚历山大到底该如何通知他们？

误解

　　"求助！"这已经是安杰伊第 5 次收到亚历山大通过 SPOT 信号器发出的求助信号了，奇怪的是每次信号都戛然而止，明显是有人按下后很快取消了操作。安杰伊立即联系了波兰格丁尼亚市的船舶救援组织，救援组织又迅速通知了美国的紧急救援机构。有人遇险的消息迅速在大西洋上传开，靠近亚历山大信号发出海域的船只开始尝试搜寻与救援。黄昏来临前，在航线上搜寻的希腊轮船"尼索斯·戴罗斯"号发现了一艘皮艇和艇上的划手。水手们急忙靠近，想将划手营救上轮船甲板。但他们远远望见划手在使劲地挥手摇头——他不想被营救！就看划手指着手中的电话，用英文大喊道："我电话坏了！"

　　这到底是怎么回事？原来亚历山大发送求助信号是想告诉亲友们，他的卫星电话出了问题。他根本没想过他的举动会吓到他们，更别说惊动了美国的紧急救援机构，展开全球救援了。亚历山大的妻子很快为他的电话充了值，然而卫星电话依然不能工作……

通信中断

亚历山大的朋友皮欧特·赫米林斯基，一直帮助他寻找卫星电话出故障的原因，试着向他发信息：

2014 年 1 月 12 日

亚历山大，为了确认你能收到我的信息，明天不要开启 SPOT 信号器，后天再开机。

2014 年 1 月 15 日

亚历山大，明天开机两次，分别在上午 10 点和下午 4 点。

亚历山大照他说的做，在约定的时间开启了信号器。充值后的卫星电话仍然不能正常工作，但皮欧特推测并不是设备本身出了问题。

直到 2014 年 2 月 3 日，卫星电话才显示通信已恢复正常。 找出这个问题的原因花了整整 47 天。

原来是操作员在充值时搞错了账号，把费用打到别人的账户里去了！这种情况很少见，对独自横渡大西洋的人来说更是如此。

这么多天通信中断，几乎产生了灾难性的后果。安杰伊没法发送天气情况，亚历山大不知道该避开哪些海域，朝哪个方向才能顺利地航行。在此期间，他被困于神秘的百慕大三角海域，皮艇被难以捉摸的狂风吹得像气球般漂来漂去，他差点儿就永远留在了这片陌生的海域。

通信恢复后，亚历山大收到了一条警告：

"风暴要来了！"

他迅速做好了迎接极端天气的准备，躲进船舱里。狂风巨浪把皮艇像玩具似的扔来扔去。"咔嚓！"亚历山大听到了一声可怕的声响，他朝外一看，看到了一片舵的碎片。失去方向舵的皮艇根本无法在海风和洋流的影响下航行。

要想修好舵，必须焊接断裂的零件，可亚历山大缺少必要的设备，但他并没有打算放弃。

断掉的方向舵

　　此时亚历山大距离百慕大群岛 400 千米。他计划前往群岛，修好他的皮艇，再折回方向舵坏掉的位置继续航行。

　　维修计划得以实行，多亏了皮欧特的帮助。他飞到百慕大群岛，租下一艘渔船，立即出发去接亚历山大。

　　望见有船慢慢接近，亚历山大赶忙穿上了他的泳裤，打扫了皮艇，远远地向他们挥手致意。他的脸上露出灿烂的笑容。这是这么久以来他第一次能见到朋友。他等不及要见皮欧特了！在水上亲切的会面之后，亚历山大回到座舱，向岛屿划去。

　　群岛周围，尖锐的岩石从水中伸出来，水底也布满珊瑚构成的暗礁。海浪冲击着皮艇，将它一次次推离岸边。

　　直到黎明前 2 小时，乘船的皮欧特才终于靠近了"欧罗"号，接下来他们将陪同皮艇安全抵达港口。

　　早晨，他们到达了目的地。这是 142 天以来亚历山大第一次离开海面。一踏上陆地，他就受到了当地人热情的欢迎。

　　在百慕大群岛，修好皮艇的方向舵只花了几个小时。真正的挑战是亚历山大和他的皮艇该如何回到原来的航线上。

　　亚历山大每天都会去港口寻找可以帮助他返回航线的船只。但是飓风季节来临，使得船只全部避开了这些海域。

　　很多人都梦想着停留在美丽的海岛，但亚历山大因无所事事而感到沮丧。一家当地的报纸报道了他的困境。一位富有的企业家吉姆·巴特菲尔德刚好读到了这篇报道，他对亚历山大的事迹感到无比钦佩，于是赞助了一艘名叫"百慕大圣灵"号的帆船出航，它会将亚历山大和"欧罗"号皮艇带回之前方向舵断掉、远航中断的位置。

　　航行两天后，海上的天气每小时都在恶化。风浪越来越大。帆船只好掉转船头返回港口以躲避风暴。亚历山大恳求船长放下皮艇。被绳索一点点降下的皮艇危险地四面摇摆。好几个人才费力地将它从帆船的侧舷推了下去。亚历山大一下跳进了皮艇。

　　"松开绳索吧！"他大叫道，但他们没能成功做到，因为皮艇突然撞向了帆船的侧舷。

轻装上路

　　然而我们的远航者并不买账，他早就恨透了这些架子！起风时，它们会造成更大的风阻减慢皮艇的航行速度。亚历山大觉得就算没有它们，也照样可以安全地航行。

　　他一边向冲他招手的船员们挥手示意，一边取下装了导航灯和雷达天线的支架，无所谓地抛入水中。这里距离终点还剩下 2600 多千米。

　　亚历山大用喝完的可乐瓶、果汁瓶拼凑出新的导航灯灯架和灯罩，将备用桨打上孔、捆上雷达天线，固定在艇身上。我们的远洋皮艇再一次准备好了迎接挑战。

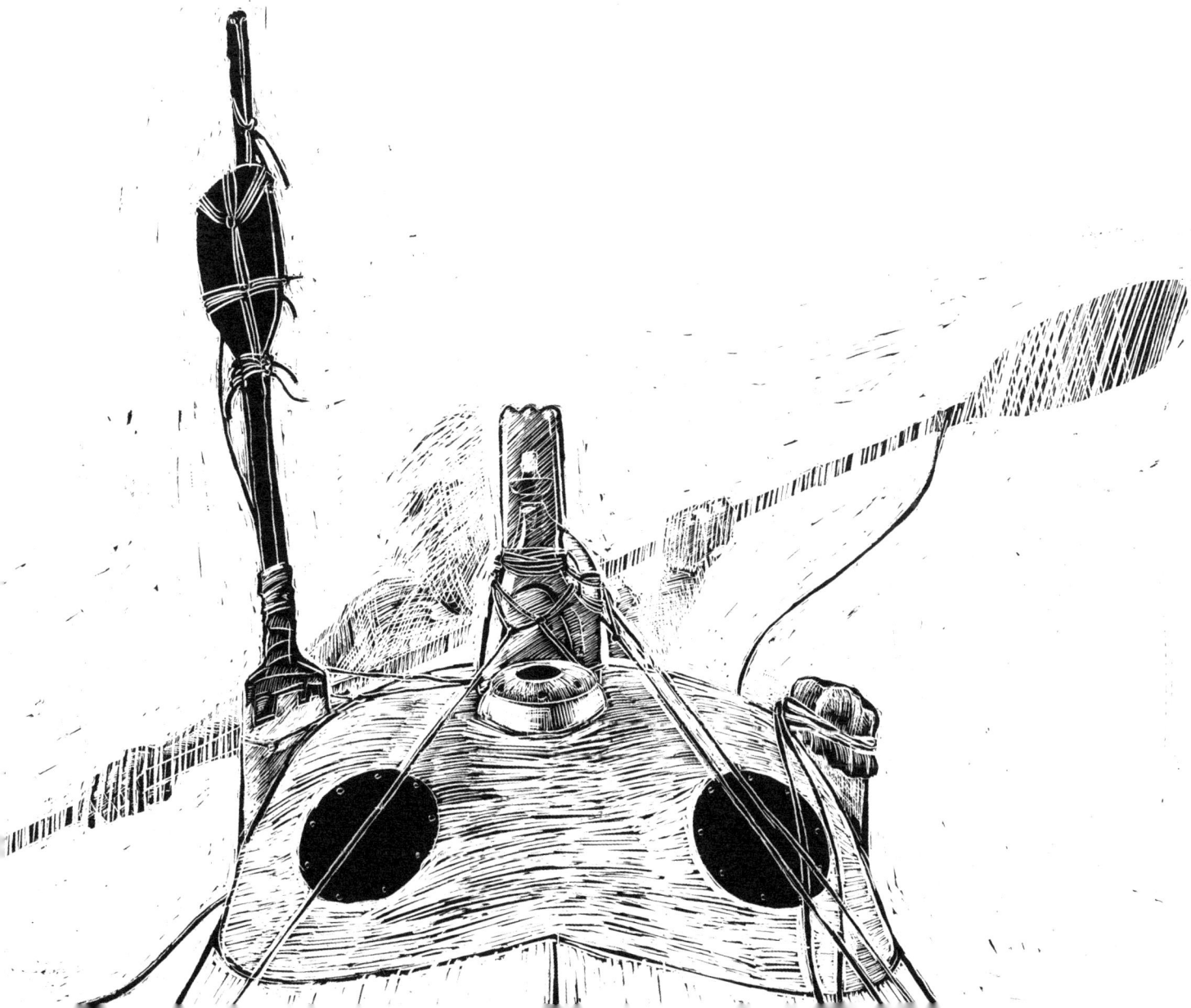

几个月之后……

两次横渡大西洋，亚历山大先生航行了数千千米，经历了许许多多次冒险。

每次航行临近终点时，他都会抑制不住地感到激动与喜悦。但是直到双脚踏上陆地之前，他都能时刻保持专注。在海面上任何时候都不能掉以轻心。

第一次到南美洲的远航，第二次到北美洲的远航，亚历山大遇到了洋流、浅滩、突出海面的礁石……他以丰富的经验与坚韧的意志，将这些难题一一化解。

大西洋渐行渐远。终于，他到达了海岸。

护航

横渡大西洋的最后一程不再寂寞。

许多皮艇划手在海上列队欢迎亚历山大先生。 他们组成了一支庞大的护航船队，一同抵达了美国海岸。

在海岸上的朋友们、支持者们还有官员，都在等待我们的旅行者，问候的话语一刻不停。

亚历山大·多巴显得跟平常没什么不同，他面带微笑。不过脑子里已经开始计划下一场冒险了。

咱们大西洋上再会！

第三次远航，于 2016 年 5 月 29 日在美国纽约启程。

远航的第三天，由于意外事故中断航行。

2017 年 5 月 16 日，从美国新泽西州巴尼加特湾再次出发。

2017 年 9 月 3 日，抵达法国勒孔凯。

第二次远航历时 167 天，分为两个阶段：

2013 年 10 月 5 日，从葡萄牙里斯本出发。

2014 年 2 月 24 日至 3 月 25 日，在百慕大中止。

2014 年 4 月 19 日，抵达美国新士麦那海滩。

第一次远航历时 98 天。

2010 年 10 月 26 日，从塞内加尔达喀尔出发。

2011 年 2 月 2 日，抵达巴西阿卡拉乌。

亚历山大先生的每一次皮艇远航都极度困难而且不同寻常，但最具挑战性的要数第三次远航。

　　那一次，亚历山大沿北大西洋航线航行，这里寒冷又风暴频发，狂风和不可预知的风向阻挠他前行，但是皮艇始终保持前进。8 月下旬到 9 月下旬是海上的飓风季节，停留在水上的时间越长，就越可能会遇见飓风。亚历山大经历了他有生以来遇到的最大风暴，足有蒲氏风力 8 ～ 10 级。巨浪包围了皮艇两天，尽管筋疲力尽，亚历山大和他的皮艇还是幸存下来并逃出了暴风圈。

　　在疲惫不堪的 111 天之后，亚历山大·多巴再一次，也是最后一次成功地横渡了大西洋，抵达了法国海岸。6 天之后，他和家人朋友一起庆祝了自己的 71 岁生日。

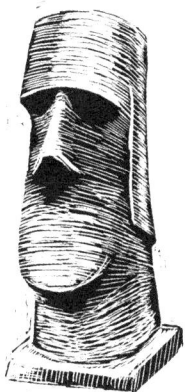

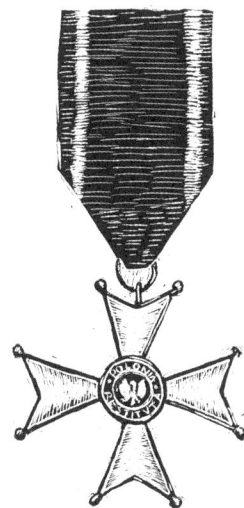

荣誉

亚历山大·多巴是史上第一位划皮艇跨大陆横渡大西洋的人，他因此被评为《国家地理》2015 年度探险人物。2013 年，他还因早期的皮艇成就获得了超级巨像奖。

波兰前总统布罗尼斯瓦夫·科莫罗夫斯基亲自授予他波兰复兴勋章。

特别感谢亚历山大·多巴先生对本书的信任与支持。

还要感谢阿格涅斯卡·科斯米克、马格达莱娜·克鲁斯泽夫斯卡，马修·拉布达，马切伊和伊丽莎白·奥乔斯卡。

Original title: Doba na Oceanie. Jak przepłynąć Atlantyk kajakiem?

© Illustration: Bartłomiej Ignaciuk

© Text: Agata Loth-Ignaciuk

© Druganoga 2017

The Simplified Chinese edition published by China Textile & Apparel Press

All rights reserved.

The simplified Chinese translation rights arranged through Rightol Media（本书中文简体版权经由锐拓传媒旗下小锐取得 Email:copyright@rightol.com）

本书中文简体版权经 Druganoga 授权，由中国纺织出版社有限公司独家出版发行。
本书内容未经出版者书面许可，不得以任何方式或任何手段复制、转载或刊登。

著作权合同登记号：图字：01-2020-1772

图书在版编目（CIP）数据

为梦而活：亚历山大·多巴的越洋探险记 /（波）
阿加塔·洛特·伊格纳克著；（波）巴塞洛缪·伊格纳克
绘；元浩译 . -- 北京：中国纺织出版社有限公司，
2020.6（2022.4重印）
ISBN 978-7-5180-7295-8

Ⅰ.①为… Ⅱ.①阿… ②巴… ③元… Ⅲ.①儿童故
事－图画故事－波兰－现代 Ⅳ.① I513.85

中国版本图书馆 CIP 数据核字 (2020) 第 059993 号

责任编辑：张 羽 责任校对：江思飞 责任印制：储志伟
中国纺织出版社有限公司出版发行
地址：北京市朝阳区百子湾东里 A407 号楼 邮政编码：100124
销售电话：010-67004422 传真：010-87155801
http://www.c-textilep.com
中国纺织出版社天猫旗舰店
官方微博 http://weibo.com/2119887771
北京华联印刷有限公司印刷 各地新华书店经销
2020 年 6 月第 1 版 2022 年 4 月第 4 次印刷
开本：889 × 1194 1/16 印张：5.5
字数：55 千字 定价：128.00 元

凡购本书，如有缺页、倒页、脱页，由本社图书营销中心调换